coleção
moacyr
scliar

coleção
moacyr
scliar

Os Cavalos da República

Ilustrações *Luiz Gê*

conforme a nova ortografia da língua portuguesa

editora ática

Os cavalos da República
© Moacyr Scliar, 2005

Diretor editorial adjunto Fernando Paixão
Editor assistente Leandro Sarmatz
Edição do suplemento Emílio Hamaya
Leandro Sarmatz
Coordenadora de revisão Ivany Picasso Batista
Revisoras Ana Luiza Couto
Luciene Lima

ARTE
Projeto gráfico Victor Burton
Editores Antonio Paulos
Cintia Maria da Silva
Editores assistentes Claudemir Camargo
Eduardo Rodrigues
Editoração eletrônica Ana Paula Brandão

CIP-BRASIL. CATALOGAÇÃO NA FONTE
SINDICATO NACIONAL DOS EDITORES DE LIVROS, RJ.

S434c
Scliar, Moacyr, 1937-2011
Os Cavalos da República / Moacyr Scliar ; ilustrações de Luiz Gê. - São Paulo : Ática, 2005
il. - (Coleção Moacyr Scliar)

ISBN 978-85-08-09759-3

1. Brasil - História - Literatura infantojuvenil. 2. Literatura infantojuvenil. I. Gê, Luiz. II. Título. III. Série.

05-0463. CDD 028.5
CDU 087.5

ISBN 978 85 08 09759-3 (aluno)

CL: 730405
CAE: 224520

2018
1ª edição
5ª impressão
Impressão e acabamento: Gráfica Bueno Teixeira

Avenida das Nações Unidas, 7221 – Pinheiros – São Paulo – SP – CEP 05425-902
Atendimento ao cliente: (0xx11) 4003-3061
atendimento@aticascipione.com.br – www.aticascipione.com.br

"Era Deodoro presidente da República quando o convidaram para visitar o *atelier* de Henrique Bernardelli no qual se achava, quasi acabado, o quadro representando a proclamação da República.

O velho soldado parou diante da tela, na qual a sua figura varonil apparecia montando um ginete ardego, examinando-a attento.

De repente, voltou-se para os que o acompanhavam:

— Vejam os senhores! — disse.

E indicando o quadro:

— Quem lucrou no meio de tudo aquillo foi o cavallo!..."

(Humberto de Campos, "A pata do cavallo",
Brasil Anedoctico, Rio de Janeiro, Ed. Leite Ribeiro, 1927.)

Diz Aristides Lobo, ardente defensor da República, que o povo assistiu bestializado à proclamação do novo regime, sem compreender o que se passava. É possível que assim tenha sido. Um dos espectadores certamente estava perplexo; disso tenho provas. Trata-se de meu bisavô, que deixou a respeito um depoimento surpreendente, como já veremos. Mas, antes, deixem que eu fale um pouco desse homem. Não cheguei a conhecê-lo, mas tenho dele algumas antigas e desbotadas fotos, que sempre examino com muito carinho. Pois o que vejo nelas é um rapaz sorridente, não muito alto nem muito forte, mas simpático, e extremamente parecido comigo. É o que, aliás, dizem todos da família: "Você é igual a seu bisavô". Talvez por isso me deram os poucos pertences que legou à família: o seu uniforme de gala, sua espada, alguns livros antigos — quase todos sobre cavalos — e várias estatuetas — de cavalos. Era evidentemente fascinado por esses animais.

Ah, sim, e o caderno. Contém um relato não muito longo dos acontecimentos que viveu em 1889 — um período muito importante na sua vida, e não só por causa da proclamação da República, da qual foi testemunha, mas por motivos pessoais, tão surpreendentes que nem mesmo Aristides Lobo deles cogitaria.

O relato ocupa algumas dezenas de páginas de um velho caderno de capa dura que guardo sempre comigo. Eu o ganhei de meu pai justamente num 15 de novembro, meu aniversário. Por uma curiosa, mas significativa coincidência, nasci no 15 de novembro. O que nem sempre foi para mim motivo de satisfação. Afinal, o dia do aniversário é o mais importante para uma pessoa e, no meu caso, a data ficava prejudicada pelo feriado nacional. Talvez por isso meus pais procuravam me compensar: era uma bela festa a que eles faziam naquele dia. Acresce que eu era o caçula e o mais mimado da família.

No dia em que completei treze anos, meu pai veio me acordar, dizendo que tinha um presente especial. Eu esperava uma bicicleta nova, daquelas incrementadas, uma bicicleta de fazer inveja aos meus amigos. Fiquei decepcionado, portanto, quando ele me mostrou o embrulho do presente: parecia um livro. Não que eu não gostasse de ler; até que gostava; mas estava muito mais a fim de uma bicicleta do que de um romance. Procurando aparentar satisfação, agradeci polidamente e coloquei o embrulho de lado.

— Abra — disse meu pai.

— Não é um livro? Eu sei que é um livro.

— Abra.

Abri. Não, não era um livro. Era um caderno, um caderno muito velho. A capa, forrada em couro, estava manchada e gasta pelo tempo. Folheei-o: páginas e páginas de uma caligrafia regular, traçada por uma pena antiga.

— Mas o que é isto? — perguntei, surpreso e contrafeito. Parecia que papai estava fazendo uma brincadeira comigo, uma brincadeira de mau gosto.

— Isso é uma coisa extremamente valiosa — disse ele, sorrindo, e não sem orgulho. — Este caderno tem quase cem anos. Pertenceu ao seu bisavô, que morava no Rio de Janeiro à época da proclamação da República. E nesse caderno ele conta uma coisa extraordinária que lhe sucedeu.

— Que coisa?

— Ora, você tem de ler para saber o que é.

Suspirei.

— Está bom. E quando é que preciso ler isto? Hoje não, não é? É dia do meu aniversário, o pessoal vem aqui.

Ele franziu a testa, desgostoso.

— Você não "precisa" ler o caderno. Estou dando o caderno a você porque acho que vai lhe interessar, assim como interessou a seu avô e a mim.

Eu não estava convencido. Mas, o que é pior, não percebia que estava ferindo meu pai.

— Mas sobre o que é que ele escreveu, afinal? Se é a história da proclamação da República, já conheço. Estudei e até vou estudar de novo, porque cai na prova, mas que é uma coisa muito chata, isso é. Vai me desculpar, papai, mas eu...

— Não é a História. É uma história que aconteceu com seu bisavô no dia 15 de novembro de 1889. Por que é que você não lê? Leia. Depois você me diz o que achou.

Concordei, relutante. O que eu queria mesmo era perguntar sobre a bicicleta; mas não queria brigar com meu pai. Não no dia de meu aniversário.

Olhei o relógio. Eram oito da manhã. Antes das quatro da tarde o pessoal não apareceria. Resolvi, pois, liquidar logo aquela coisa de vez. Fechei a porta e, estirando-me de novo na cama, me preparei para o que, eu pensava, seria uma chateação.

Logo, porém, mudei de opinião. Não, não era uma chateação. Gostei tanto da história que esqueci de tomar banho, esqueci de almoçar, esqueci de tudo, fascinado pela voz que me falava desde o passado. Sim, gostei muito da história que aqui está; no entanto devo dizer que hesitei muito em divulgar o conteúdo deste diário. Trata-se de um documento estritamente pessoal que, segundo o testamento de meu avô, estava destinado a seus "netos, bisnetos e outros descendentes", capazes de "admitir o improvável e de não recusar o surpreendente". Mas a verdade é que a história me interessou, contei-a a meu filho, aos amigos dele, insistiram para que eu a publicasse — e aqui está.

É o texto de meu bisavô que vocês vão ler — em grafia atualizada, naturalmente. Ouçam essa voz, que fala de um tempo já distante. Um tempo de gestos heroicos e pensamentos mágicos.

Mas... E a festa? A festa de aniversário? Ah, sim. Mais tarde, naquele dia, desci para receber meus amigos; e aí tive de confessar a meu pai que ele tinha razão. "Eu não falei"?,

disse ele, triunfante. Abriu a porta de seu gabinete e lá estava, flamante, a minha bicicleta. Com a qual, aliás, vivi uma aventura sensacional... Mas isso fica para outra vez, agora a palavra está com meu bisavô.

Dizem que o povo assistiu bestificado à proclamação da República. Pode ser. Mais bestificado, contudo, fiquei eu, não por causa da cena que estava vendo — e que, para dizer a verdade, nem sequer entendia direito —, mas pelo fato de o cavalo de Deodoro ter piscado o olho para mim. Isso mesmo: naquele dia 15 de novembro de 1889 o cavalo do marechal Deodoro da Fonseca piscou para mim. Vocês convirão comigo que cavalo piscando o olho, brejeiro, é uma coisa inusitada, para dizer o mínimo; mas aquilo era apenas a culminância de uma sucessão de eventos surpreendentes.

Eu tinha pelo cavalo de Deodoro — um belo espécime, afinal se tratava da montaria de um marechal — uma grande afeição. Por aquele cavalo e por todos os outros. Sempre gostei desses nobres animais. Aliás, não me agrada chamá-los de "animais"; se o faço é porque o vocabulário dos humanos não permite outro termo.

Cavalos! São belos. E antigos. Pelo que tenho lido a respeito — e não é pouco o que tenho lido a respeito —, não há dúvida de que o cavalo apareceu, na face da Terra, antes do homem. Fósseis daquilo que pode ser considerado o antecessor do *Equus caballus* o comprovam. Da Ásia Central, de onde provavelmente se originaram, os cavalos se espalharam por todo o mundo. Galopando sem cessar, através de planícies e estepes, de praias e de vales, chegaram à Pérsia, à Índia, à Arábia, à Europa, ao norte da África. E assim estavam ao alcance do homem, que os domesticou e usou para seus próprios propósitos. Eu vos afirmo, utilizando as palavras de um autor cujo nome já não recordo: na trilha que levou o ser humano da barbárie à civilização encontraremos sempre — sempre! — as marcas das patas do cavalo. O cavalo transportou reis, guerreiros e comerciantes; puxou carruagens, diligências e carroças. Foi depois substituído pela máquina, mas somente para aquelas atividades em que não há exigência de grandeza, de transcendência espiritual. Porque — e isso lhes garanto — sempre que houver necessidade de um nobre gesto, ele será feito sobre o lombo de um cavalo.

Felizmente temos nesse sentido uma longa tradição, que vem desde a Península Ibérica. Portugueses e espanhóis sempre valorizaram o cavalo; montados, combateram os sarracenos, aliás bons cavaleiros, eles também; montados, conquistaram a independência. O cavaleiro era um herói; distinguia-se da plebe, a quem olhava sobranceiro do alto de sua montaria. E não se furtava à obrigação de lutar pela pátria. Portugal, sempre envolvido em guerras, ora defendendo-se dos espanhóis, ora empenhado em conquistar colônias, exigia que sua "gente-de-a-cavalo" estivesse sempre a postos para a batalha. O rei protegia seus cavaleiros: "Aqueles que tiverem armas e cavalos para nosso serviço, que não sejam neles penhorados..." — é o que dizem as Ordenações Alfonsinas, código

de leis que vem desde Afonso II, no século XV. "E aquele que lhe morrer o cavalo será obrigado a comprar outro..." Sem cavalo, não havia nobreza.

Na América, o cavalo era, para as tribos indígenas, desconhecido. O que representou uma inesperada vantagem para os conquistadores ibéricos. Ao verem os cavalos que os poucos soldados de Hernán Cortés montavam, os astecas foram tomados de tal pânico que bateram em retirada, fazendo com que El Conquistador depois dissesse: "Não tínhamos, além da proteção divina, outra segurança que não a dos cavalos". Segurança que lhe garantiu a vitória. E o massacre dos índios.

Da mesma forma, foi a cavalo que os portugueses estenderam seu domínio no Brasil. Numa carroça, puxada a cavalo, Tiradentes foi levado para a forca. Dom Pedro I gostava imensamente de equitação e se gabava de ter caído do cavalo nada menos de trinta e seis vezes, fraturando numa ocasião duas, e em outra sete, costelas. Em menos de cinco dias fez as oitenta léguas que vão de São Paulo ao Rio galopando sem cessar. Aos que dizem que, no momento do célebre grito, ele montava um burro, devemos bradar, indignados:

— Mentira! É mentira.

No pampa, onde nasci, os cavalos encontraram sua paisagem ideal. Os primeiros casais de equinos abandonados por Dom Pedro de Mendoza, o fundador de Buenos Aires, quando ele, acossado por índios, teve de fugir, deram origem a uma imensa população cavalar, que ocupava o espaço entre o mar e os Andes, tão numerosos que pareciam, segundo um cronista da época, "montanhas que se movem". No Rio Grande do Sul se criou a raça crioula, descendente dos ca-

valos árabes que os mouros levaram para a Península Ibérica. Atrás desses cavalos vieram os primeiros desbravadores, estabelecendo-se em estâncias, onde se dedicavam à criação de gado. Ali surgiu o gaúcho, essa figura lendária.

Foi numa dessas estâncias — enorme, de propriedade de meu avô — que nasci, e ali me criei. Poderia ter sido uma infância muito infeliz, pois perdi minha mãe aos três anos e tempos depois, meu pai, que não se entendia bem com meu avô e partiu para o Rio de Janeiro, onde seguiria, com êxito, a carreira militar. Fui criado por minha avó, uma mulher retraída e severa, que se preocupava em me ensinar a ler, escrever e fazer contas, mas que nunca me contou uma história, nunca cantou para que eu adormecesse. Quem me embalava

era o minuano, o frio vento do Sul, a assobiar nas janelas. Sim, poderia ter sido uma infância infeliz, a minha; não o foi por causa dos cavalos. Fascinavam-me: baios, tordilhos, alazões, todos. Criança ainda aprendi a montar, e sempre que minha avó o permitia — ou sempre que eu conseguia fugir — saía a galopar pelos campos, subindo e descendo as coxilhas, o vento me arrancando lágrimas dos olhos... Era a glória. Não por acaso o gaúcho é chamado de centauro dos pampas; como um centauro eu me sentia. Eu e o cavalo éramos uma entidade única. A embriaguez que tomava conta de mim o possuía também. Bravo alazão, aquele. Já morreu, coitado. Cavalos morrem cedo. Como o Negrinho do Pastoreio.

Numa corrida de cavalos, o Negrinho, um escravo, montava o cavalo de seu senhor, que tinha feito vultosas apostas na vitória do animal. Que, de fato, bem conduzido pelo pretinho, corria como o vento. Mas, quase à chegada, rodou e perdeu o páreo. Irritado, o homem encarregou o menino de uma tarefa dura: ele tinha de vigiar, durante uma noite fria, uma tropilha de tordilhos. Esfomeado, cansado, o Negrinho adormeceu, e os cavalos fugiram. O estancieiro o espancou de maneira brutal e depois o enterrou, sangrando, num formigueiro, para que as formigas o devorassem. No dia seguinte foi até o lugar e ali, assombrado, viu Nossa Senhora, a madrinha do menino; a seu lado, o pequeno escravo, que saindo do formigueiro, ileso, saltou sobre o dorso do cavalo de estimação do estancieiro e, à frente da tropilha de tordilhos, partiu a galope pelo campo, desaparecendo no horizonte.

Não, nunca cheguei a sofrer como o Negrinho. Todos eram muito bons para mim, inclusive, e principalmente, vovó. À sua maneira, ela me amava. E eu tinha os cavalos.

Adorava-os. Cuidava deles, lavava-os, escovava-os, levava-os para o pasto. Não fugiam; e mesmo que fugissem nada me aconteceria, afinal eu era neto de seu dono. Eu os compreendia; uma habilidade que fui desenvolvendo aos poucos. Sabia quando precisavam de forragem, de água, de descanso. Mais que isso, falava com eles.

Vou repetir: falava com eles. Sei que vai parecer esquisito. Se o menciono, com risco de parecer maluco para meus descendentes, é porque esse fato é básico para que vocês entendam o que se passou depois. Vou, portanto, repetir: eu falava com os cavalos. Mais, eu os compreendia. Como, não sei. A verdade é que aprendi a distinguir, pelo tipo de relincho, o que os animais queriam dizer. Animais, de novo essa palavra. Não gosto dela. Só a aceito porque vem de *anima*. Sim, cavalos têm alma.

A peonada da estância sabia da minha habilidade; o que era motivo de admiração. "Esse guri parece que fala com a cavalhada!", diziam. Mas não comentava meu dom com ninguém; só o confiei às páginas deste caderno.

Meu pai vinha nos visitar duas vezes por ano. Mais que isso era difícil. A viagem entre o Rio de Janeiro e a estância de meu avô durava vários dias, semanas até. Ele tinha de tomar um vapor até o porto do Rio Grande, depois um trem. Vapor, trem; coisas que eu nem conhecia. Aquele era um tempo de progresso, no mundo inteiro e no Brasil também. Um tempo de descobertas: telégrafo, telefone. Nosso imperador, Dom Pedro II, a quem eu só conhecia de retrato, fora um dos primeiros a usar o novo aparelho. "Meu Deus, isto fala", foi sua assombrada manifestação. E da cidade ainda havia uma boa distância a ser vencida no lombo do cavalo.

Um dia — eu tinha então treze anos — ele chegou e anunciou a meu avô que ia me levar para o Rio de Janeiro. Agora tinha condições: ganhava bem, morava numa casa grande e aprazível, tinha empregados.

— Quero meu filho junto de mim.

O velho patriarca nada disse, mas ficou evidentemente abalado. Afeiçoara-se muito a mim, nem sequer lhe ocorrera que um dia meu pai pudesse me levar dali. Quanto a minha avó, não conseguiu nem falar; pôs-se a soluçar, o que a mim surpreendeu e comoveu — eu nunca vira aquela mulher, dura com os peões e os escravos, chorar.

Ambos, contudo, aceitaram a decisão. Não só porque eu estaria com meu pai como também porque já era tempo de cursar o colégio e de me preparar para a universidade, o que na estância seria impossível: a escola mais próxima ficava a léguas de distância.

Arrumamos as malas, pois. Antes de partir meu avô me levou até o pasto. Apontando o alazão, disse:

— Teu cavalo ficará aqui, a tua espera. Até que voltes para tomar conta destas terras.

Pobre avô, estava enganado! O cavalo esperou por mim, sim, tanto tempo quanto os cavalos podem esperar. Mas, como eu disse, acabou morrendo. De saudade, talvez.

Foi uma viagem inesquecível, aquela. Em primeiro lugar, pelo trem, que eu só conhecia de fotografias. Quando vi a locomotiva, aquele monstro de aço bufando e soltando nuvens de vapor, confesso que me assustei. Mas o medo deu lugar ao deslumbramento, assim que nos vimos instalados num vagão da composição, que corria pelos campos do Rio Grande a uma velocidade, para mim, inacreditável. Em dado momento, passamos por um homem a cavalo, a quem meu pai abanou: um estancieiro conhecido. O homem acenou também, esporeou o cavalo e veio no encalço do trem. Correu assim quase uma légua; por vezes parecia que ia nos alcançar. Eu queria que nos alcançasse (Queria mesmo? Será que queria?), mas o trem ia mais rápido, e o cavaleiro foi ficando para trás. A última vez que o vi, era um pontinho no horizonte.

Mas as emoções não se esgotariam com o trem. Chegamos a Rio Grande, que estava longe de ser uma cidade grande, mas que para mim era uma verdadeira metrópole, com as ruas cheias de gente, os carros, as lojas... Meu pai se divertia com meu espanto:

— Isso não é nada. Espere até você conhecer o Rio.

Depois de vários anos na capital, ele já tinha trocado o "tu" gaúcho por "você". O que até me chocava, e contribuía para aumentar a sensação de estranheza que sentia diante do homem que, na verdade, era para mim quase um desconhecido.

Sim, eu estava ansioso por conhecer o Rio de Janeiro. Mas, antes disso, ainda haveria a viagem de navio. O que eu aguardava com ansiedade, porque nem ao menos conhecia o mar.

Meu avô prometera, várias vezes, me levar à praia. Mas a viagem até o litoral era longa e difícil, e a promessa nunca se concretizou. De modo que aguardava com impaciência o momento de embarcar, o que ainda demoraria dois dias. Como era habitual naquele tempo, o pequeno navio, que vinha de Buenos Aires, atrasava muito. Ficamos hospedados num hotel; não podíamos sair, porque chovia a cântaros. Meu pai lia ou jogava cartas com outros hóspedes. Eu ficava no vestíbulo do hotel, olhando a rua.

No terceiro dia, de madrugada, papai me acordou: o navio acabara de chegar, tínhamos de embarcar logo. Entusiasmado, pulei da cama, vesti-me às pressas, mal tomei o café que o dono do hotel — muito obsequioso para com meu pai, que afinal era capitão do Exército — fez questão de nos preparar. À saída, já nos aguardava um cocheiro, que nos transportou, num carro puxado por dois cansados cavalos, pelas ruelas que a neblina invadia, até o cais.

Os viajantes recém-desembarcados ainda estavam lá. Gente para mim estranha: homens, mulheres e crianças, em geral loiros e de olhos azuis, vestindo à europeia e carregando malas e trouxas de roupa.

— Imigrantes — disse meu pai. — Da Alemanha, decerto.

Aproximei-me de um garoto que teria mais ou menos minha idade. Eu sabia que não poderia trocar sequer duas palavras com ele, e mesmo que pudesse não o faria — era tímido demais —, mas me fascinava o brinquedo que ele carregava consigo, um cavalinho de madeira. Num primeiro momento ele recuou; depois, num gesto súbito, me estendeu o cavalinho. Era maravilhosamente bem-feito, muito diferente dos toscos cavalos que os peões da estância às vezes confeccionavam para seus filhos e mesmo dos que meu avô me dava, comprados em Porto Alegre.

— Isso é coisa boa — observou meu pai, que, divertido, acompanhava a cena. — Trabalho de europeu. Essa gente vai mudar o Brasil.

Não parecia. Aquela pobre gente, extenuada da viagem, a apreensão e a incerteza estampadas no rosto? No entanto, mais tarde eu veria o trabalho de imigrantes nas lavouras de café, nas pequenas fábricas que eles construíram, e tive de admitir: sim, aquela gente estava ajudando a mudar o Brasil.

Um longo apito me fez estremecer; estava na hora de embarcar. Devolvi o cavalinho ao garoto e, meu pai me segurando firme pelo braço, subi o passadiço. Aguardavam-nos o comandante e o imediato, que nos cumprimentaram respeitosamente. Para eles éramos, sem dúvida, passageiros importantes. O que não deixou de me envaidecer. Voltei-me para o cais; lá estava o garoto com o cavalinho a me olhar, melancólico. Contrafeito, acenei para ele. Novo apito, gritos de comando, e o navio começou, devagar, a se afastar do cais. Tinha início a viagem!

E que viagem foi aquela! Já na tarde daquele dia estávamos em mar alto; e aquela imensidão me dava vertigem, mas era uma vertigem arrebatadora — uma sensação semelhante à de galopar à rédea solta. As ondas eram para mim dorsos de cavalos verdes. Uma cavalhada que se estendia a perder de vista. Com o passar dos dias, naturalmente, a visão do mar já não me causava tanta emoção; mas aí uma outra expectativa começava a me alvoroçar. Aproximávamo-nos do Rio de Janeiro.

Que se revelou, desde que desembarcamos no cais Pharoux, uma cidade arrebatadora. Do coche que nos levava, eu olhava, boquiaberto, os altos prédios, a multidão que enchia as ruas. Meu pai sorria, apenas, diante de minhas entusiásticas exclamações; e me preveniu várias vezes:

— Agora tudo lhe parece muito bonito. Mas, quando você sair, tome cuidado.

Tinha suas razões para me advertir. Toda sorte de gente compunha a população da capital federal: aquelas a quem meu pai chamava de "pessoas de bem", por certo, mas igualmente vendedores ambulantes, trapeiros, carroceiros, pedintes, ladrões, prostitutas, receptadores, bicheiros, bêbados — uma colorida fauna, agitada como as ondas do mar. Eu nunca tinha visto tanta gente, eu nunca tinha ouvido tanto ruído; uma estranha inquietação foi crescendo dentro de mim,

uma ansiedade incontrolável. O ar me faltava, a cabeça girava, ficou tudo escuro…

Quando recuperei os sentidos, estava deitado numa cama, num quarto que adivinhei ser o que estava destinado a mim, na casa de meu pai. Ele estava na minha frente, a me olhar.

— Você desmaiou — disse, com um tom de maldisfarçada censura na voz. Para ele, um duro militar, perder os sentidos era uma fraqueza, coisa de melindrosa.

Envergonhado, tentei me levantar; ele me impediu.

— Fique deitado. Afinal a viagem foi longa, as emoções são muitas. Descanse.

Anunciou que precisava sair para tomar umas providências, mas que os empregados — a cozinheira e o mordomo — estavam em casa, às minhas ordens.

Fiquei deitado um pouco mais, porém a curiosidade me venceu. Ainda tonto, me levantei e fui explorar a casa. Era uma verdadeira mansão, grande demais para um homem que morava sozinho; mas é claro que a posição social de meu pai o exigia. Mesmo porque, como vim a constatar nos dias que se seguiram, ele, embora fosse um homem reservado, de pouca conversa, às vezes recebia amigos, quase todos militares como ele.

Na ampla cozinha encontrei uma preta gorda e sorridente — a cozinheira.

— Bem-vindo, patrãozinho! — bradou, e de imediato, tagarela que era, se pôs a falar. Contou que me esperara com ansiedade: não só queria conhecer o filho do capitão, como também queria mostrar suas habilidades culinárias para mais alguém. — Cozinhar para uma pessoa só é aborrecido, não acha o patrãozinho?

De imediato gostei dela, ainda que, vindo do Sul, estranhasse um pouco a loquacidade carioca. Ela falava sem cessar. Contou-me que até o ano anterior, 1888, havia sido escrava:

— Mas então a princesa Isabel, Deus a conserve para sempre!, libertou a todos nós.

Caiu em si.

— Não que o capitão me tratasse mal — se apressou a emendar. — Ao contrário, seu pai sempre foi muito bom para mim. Tanto que minha vida não mudou em nada. Eu morava ali, nos fundos da casa, e é onde continuo morando. Cozinhava para o senhor seu pai, e continuo cozinhando...

Deu de ombros.

— O que é que eu podia fazer? Nasci escrava, como escrava me criei; sou pobre, nem tenho onde morar. Dou graças a

Deus que o senhor seu pai me dá um cantinho para viver e até algumas moedas de vez em quando. Que o Senhor o conserve, e que conserve nossa princesa e o imperador!

Era com verdadeira unção que falava de Dom Pedro II: um homem bom, sábio, tranquilo.

— Um verdadeiro pai para o Brasil!

De súbito, se calou: entrava o mordomo, um homem de idade, magro, seco, de lábios apertados, com quem Benta, a cozinheira, não mantinha — como logo pude constatar — boas relações. O mordomo, João Ernesto, me cumprimentou respeitosamente, disse que estava às minhas ordens, e logo em seguida se dirigiu à cozinheira, ríspido:

— Faça o favor de aprontar o jantar sem demora. O capitão não gosta de atrasos, você sabe.

Sem uma palavra, ela voltou às panelas. Quanto a mim, resolvi dar uma volta pelas redondezas.

Era um bairro bonito, aquele: ruas tranquilas, arborizadas. Mas eu, criado no campo, me sentia confinado ali; queria vastidão, queria horizontes... E não os tinha. Nunca mais os teria. Voltei para casa triste, muito triste.

Meu pai me esperava, inquieto:

— Onde é que você estava?

— Fui passear um pouco — respondi.

E ele, abrupto:

— Tome cuidado, rapaz. Há muito malandro por aí, muito capoeira. Você é um garoto ingênuo, um garoto do campo, não sabe como enfrentar essa gente.

Olhei para ele demoradamente. Era meu pai que eu tinha diante de mim, o homem a quem eu devia a vida; mais, o homem em quem agora deveria depositar todo o meu afeto.

Mas como? Como abraçá-lo? Ele ali estava, todo empertigado em sua farda de capitão — tão logo chegara, trocara a roupa civil pelas vestes militares —, eu não tinha sequer como me aproximar dele. Murmurei um "sim, senhor", pedi licença, fui para meu quarto. Atirei-me na cama e, não me envergonho de confessá-lo, chorei. Chorei muito. Nunca me sentira tão só, tão desamparado. Ansiava por meus avós, pela peonada; ansiava por minha mãe, de quem mal recordava. Chorei tanto, que acabei adormecendo.

Acordei no dia seguinte, já com o sol alto. Fui até a cozinha, onde Benta me saudou com um largo sorriso.

— Bom dia! O patrãozinho dormiu um bocado. Mas está certo, depois de uma viagem tão longa e cansativa... O patrãozinho quer tomar café?

Como sempre fazia na estância de meu avô, sentei-me à mesa da cozinha; era lá que fazíamos a primeira refeição da manhã. Benta me olhava, surpresa e constrangida.

— O patrãozinho não prefere que eu sirva na sala de refeições? É ali que o senhor capitão toma o café.

— Ah, sim. — Levantei-me, mas, antes que pudesse dar um passo, me detive, surpreso. Não; mais que surpreso, siderado.

Uma menina me olhava da janela da cozinha. Teria a minha idade, treze anos, e era a garota mais linda que eu já tinha visto. Longos cabelos caindo sobre os ombros, grandes olhos escuros, um narizinho delicadamente arrebitado, uma boca de lábios túmidos.

— Ah, patrãozinho — disse a cozinheira —, esta menina o senhor não conhece. É a Mariana, filha de nossa vizinha. Ela vem aqui de vez em quando conversar comigo. É uma moça muito boa, sabe? Coração de ouro, patrãozinho.

Sorriu a Mariana, tímida, e eu sorri também, vermelho, embaraçado. Mas já apaixonado. Completamente apaixonado.

— Não quer entrar, Mariana? — perguntou a Benta.

Inusitado, aquilo? Sim, em 1889 podia ser considerado inusitado. Uma cozinheira, uma mulher que há pouco deixara de ser escrava, convidando alguém para entrar na casa do patrão. Inusitado, sim. Mas Benta, como vim a descobrir depois, era uma pessoa de grande coração, uma mulher cheia de afeto e, o que é mais importante, sábia: pelo modo com que nos olhávamos, Mariana e eu, ela pressentiu que deveria nos aproximar. Sábia Benta, estava certa.

— Não posso, dona Benta, estou com muita pressa. Tenho de ir trabalhar.

— Trabalhar, menina? — Benta arregalou os olhos. — Desde quando você trabalha?

— Pois esta é a novidade que eu queria te contar, dona Benta. Estou trabalhando, sim. Desde a semana passada. E sabe onde? Adivinhe!

— Não tenho a menor ideia, Mariana. Onde?

— Pois é no palácio! — Mariana agora radiante (e radiante ficava ainda mais bonita): — No Palácio do Imperador!

— Não diga! — Benta, surpresa e encantada. — No palácio? E o que é que você faz lá?

— Bom, reconheço que não é muito — admitiu Mariana, modesta (e modesta ficava ainda mais encantadora). — Na verdade, estou ajudando minha tia. Ela é governanta lá, a senhora sabe, mas o serviço era muito, e então pediu licença ao imperador para que eu pudesse dar uma mãozinha.

— E ele concordou?

— Ele é um homem muito bom, dona Benta. O nosso imperador, que Deus o guarde, é um anjo de bondade. Quando minha tia me levou até lá, ele fez questão de me cumprimentar, e mais: me deu um presente!

— Não diga! — Benta, boquiaberta.

— Pois foi, dona Benta! Um livro. Um romance de José de Alencar. Chama-se *O Guarani*. Já estou lendo. É lindo, dona Benta! E triste, muito triste. Além disso...

Interrompeu-se e virou para minha direção:

— Desculpe. Estou aqui só falando para dona Benta, você vai pensar que eu sou mal-educada, que eu...

— Oh, não! — interpus, rápido. — Continue, por favor.

— Ah, mas que estúpida que eu sou! — Benta, levando as mãos à cabeça. — Nem fiz as apresentações. Este aqui, Mariana, é o Rafael, meu patrãozinho. Você se lembra que eu te falei do filho do capitão, que morava no Rio Grande do Sul? Pois ele agora está aqui com a gente.

— Seja bem-vindo — disse Mariana, e de novo seu sorriso fez com que eu me derretesse por dentro. — Espero que esteja gostando do Rio de Janeiro.

— Bom, na verdade não conheço nada. Cheguei ontem, recém.

— Você podia mostrar o bairro a ele, Mariana — disse Benta. — O outeiro, a igreja...

— Eu gostaria muito. Só que hoje estou com um pouco de pressa...

— Então outro dia. No domingo, por exemplo. Sua tia não tem folga nos domingos? Tem? Pois então. Passeiem um pouco por aí, é tão bonito. Vão à festa. As festas da paróquia são muito animadas, o povo canta, dança...

— Não sei, dona Benta... Tenho de pedir licença a minha mãe.

— Peça, então. Mas tenho certeza de que ela vai concordar.

— Acho que sim. Até logo.

E se foi, não sem antes me dirigir um sorriso que iluminou a cozinha como um mágico clarão. Fiquei ali sentado, imóvel, uma vertigem gostosa tomando conta de mim. Quanta coisa nova naqueles poucos dias, meu Deus! Quantas descobertas!

— O patrãozinho não vai tomar o café? Está esfriando.

— Ah, é verdade!

Eu estava encantado com Mariana; e naquele encantamento fiquei o dia todo. À noite meu pai voltou, cansado. Oficial de cavalaria que era, passara o dia inteiro em exercícios. E apreensivo, também. (Mais tarde, eu descobriria a causa daquela apreensão.) Perguntou-me como estava, quis saber da Benta e do mordomo, se havia novidades. Não havia, e então o jantar foi servido. Após o que ele pegou o jornal e se sentou para ler. Notei-lhe o cenho franzido: evidentemente não estava gostando de certas notícias. Mas nada perguntei. Era difícil conversar com ele, o que me deixava muito triste. Eu queria contar as novidades, falar de Mariana — mas como, se ele se escondia atrás do jornal?

Pedi licença e fui para meu quarto. E aí chorei de novo; não tanto quanto na noite anterior. Porque de repente evoquei o rosto de Mariana, e seu sorriso — e aquela imagem era como bálsamo numa ferida. Adormeci e sonhei com ela: nós dois cavalgando numa região desconhecida, uma paisagem de deslumbrante beleza.

Nos dias que se seguiram não vi Mariana, apesar de levantar cedo para encontrá-la. Dona Benta me disse que estava na casa da tia, de onde era mais fácil para as duas irem até o palácio. De modo que eu me aborrecia mortalmente; mais que isso, me deprimia. Não tinha o que fazer. Meu pai já havia me matriculado num colégio, excelente colégio, segundo ele, mas as aulas não começariam senão em março, e estávamos em setembro. Ele então contratou um professor particular, um coronel aposentado, que morava ali perto. Esse homenzinho magro, seco, sisudo, me estabeleceu um rígido horário de aulas: duas horas pela manhã, duas horas à tarde, sem contar o tempo que eu deveria reservar para fazer os deveres de casa.

— Meu jovem — dizia ele —, a disciplina é a fonte de todo conhecimento.

E o conhecimento, para ele, não tinha limites: gramática, geometria, álgebra, geografia, latim, grego, tudo isso eu tinha de aprender, sem falar em desenho e violino, que ele pretendia deixar para mais adiante. Esse programa de estudos tinha o apoio irrestrito de meu pai, que dizia:

— Além de estar aprendendo coisas úteis, você ocupa seu tempo. Muito importante, porque, como você sabe, a ociosidade é a mãe de todos os vícios.

Ocioso? Eu nunca me sentira ocioso no campo. Ali sempre havia algo a fazer, o tempo passava depressa. O que não acontecia nas aulas, que nada tinham de interessante. Ele me fazia decorar quatro, cinco, dez páginas do livro de geografia ou de história; e aí me tomava a lição:

— Nicolau Durand de Villegaignon chegou ao Brasil em...?

— 1555.

— Construiu um arraial a que deu o nome de...?

— De...? — Não era sempre que eu lembrava.

— Vamos lá, Rafael. Deu o nome de...?

— Fortaleza...

— Não, Fortaleza não. Você tem de estudar com mais cuidado, rapaz.

— Então era... — A essa altura, eu já estava suando.

— Era...

— Forte de...

— Isso. — Pequeno sorriso aprovador. Ele não era um tirano, de forma nenhuma. Tratava-me com cortesia, embora fosse, como eu disse, um homem reservado. — Está no caminho. Forte de...?

— Já sei: Forte de Poligny.

— Co.

— Co?

— Co. Coligny, não Poligny. Repita: Coligny.

— Coligny. Forte de Coligny.

— Isso. Que foi assim denominado em homenagem a...?

— A...?

— É. O forte foi assim denominado em homenagem a...?

— Ao pai dele?

— Não, Rafael. Como poderia ser em homenagem ao pai dele, se o homem se chamava Villegaignon? Só se o pai tivesse sobrenome diferente, o que, convenhamos, não é frequente. Você não está prestando atenção, Rafael.

Realmente, eu não estava prestando atenção. Eu estava olhando pela janela, distraído. E estava pensando numa garota chamada Mariana. Estava evocando um lindo rosto, um rosto que eu saberia descrever em mínimos detalhes. Mas isso, naturalmente, o professor não me perguntaria. O que ele queria saber era por que o forte se chamava Poligny. Ou melhor, Coligny. Melhor? Não sei. Coligny,

Poligny, para mim dava no mesmo. Não para o mestre. E nem, decerto, para meu pai.

— O forte foi assim chamado em homenagem ao chefe dos protestantes da França, de quem Villegaignon havia recebido... o que, Rafael?

— O mais decidido apoio.

— Isso. O mais decidido apoio. Mas, diga-me: Villegaignon não teve problemas?

— Teve, sim.

Disso eu estava certo: Villegaignon tivera problemas. Quem não os teria?

— Quais?

Ah, bom. Isso, sim, era um problema: quais os problemas de Villegaignon?

— Muita chuva... — O dia estava nublado. Chuviscava.

— Não, Rafael. Ao contrário, até: água potável estava em falta. E os víveres?

— Os víveres escasseavam.

Sobrar é que não sobrariam.

— Muito bem. E os comandados de Villegaignon?

— Não estavam gostando da situação...

— Não estavam gostando...?

— Não estavam gostando *nada* da situação. — Uma expressão enfática era a única defesa que me ocorria contra aquele implacável interrogatório. Que ainda se prolongaria: a aula tinha apenas começado. Duas horas que equivaliam à eternidade. — *Nada.*

— Bem... — Ele se mexia na cadeira, contrafeito, já que eu não tinha acertado, nem errado, tão completamente quanto esperava. — De fato, os homens de Villegaignon estavam desgostosos... Mas isso não descreve bem a situação. Porque até motins ocorreram.

— Motins?

— Sim! — Subitamente exaltado. — Motins! De piratas, de bucaneiros que vivem à margem da lei não se pode esperar disciplina! Motins! Os homens se rebelaram! Porque faltava água, porque faltavam víveres, porque achavam Villegaignon puritano demais! Rebelaram-se, desafiaram a autoridade de seu chefe, ignorando que, quando se perde a autoridade, todo o resto está perdido!

Calava-se, ofegante. Que coisa, murmurava eu, consternado. Afligia-me a sensação de ter provocado, com minha resposta inadequada, a ira do professor. Eu me sentia um verdadeiro celerado.

— A conspiração foi desbaratada — disse o professor, a custo se contendo. — O cabeça da revolta foi executado.

Sombria pausa e depois:

— Entrementes chegava uma armada de reforço comandada por...?

— Bois-le-Comte, sobrinho de Villegaignon.

— Muito bem. Que trazia consigo...?

— Duzentas e noventa pessoas.

— Entre as quais...?

— Entre as quais...

— Entre as quais... Quem?

— Quem...?

— Sim. Quem?

— Quem?...

Quem poderia ser? Não faltava gente, na França, a quem Bois-le-Comte pudesse trazer. Professores? Generais? Uma namorada, quem sabe, para compartilhar com ele a esplêndida paisagem dos trópicos?

— E então? Quem?

Eu ficava em silêncio.

— Dois teólogos, Rafael. Dois teólogos. Você precisa estudar mais, Rafael. Dois teólogos.

Dois teólogos, aquilo eu anotava mentalmente: Bois-le-Comte, sobrinho de Villegaignon, viera ajudar o tio nas invasões francesas (doze páginas do livro!) e trouxera consigo dois teólogos. Mal porém armazenara essa informação e já ele atacava em outra frente: os planetas, o diâmetro da Terra, os afluentes do Amazonas, o nome científico da saúva. Eu voltava para casa exausto, às vezes nem almoçava. Benta reclamava:

— Eu me esmero na cozinha, preparo os melhores pratos, e o patrãozinho não come! Assim não dá. O patrãozinho vai me desculpar, mas tenho de comunicar o fato ao capitão. Porque o patrãozinho está estudando demais, precisa parar um pouco, precisa se distrair!

— Não se meta no que não é de sua competência — advertia o carrancudo João Ernesto. — Você deveria dar graças a Deus por não estar numa senzala.

Mas Benta não dava importância às suas conversas; falou, mesmo, com meu pai. Que se preocupou:

— A cozinheira me falou que você se sente muito sozinho — disse-me uma noite, à mesa de jantar.

— Bem... Quer dizer...

— Sim ou não? — insistiu ele. — Você se sente sozinho?

O que eu poderia responder?

— Sim — respondi —, me sinto um pouco só, porque lá na estância do vovô estava sempre no meio da peonada...

— Que não era, convenhamos, boa companhia para você. Mas pode deixar que lhe arrumo uns amigos.

Falou com seus companheiros de caserna e, de fato, naquele sábado três ou quatro rapazes, todos filhos de oficiais, vieram almoçar conosco. Detestei-os de imediato. Eram arrogantes, barulhentos; e logo se puseram a debochar de mim, sobretudo por causa do sotaque gaúcho e de meus modos até certo ponto toscos.

— Esse se criou no meio da cavalhada!

Não dei importância àquilo, mesmo porque logo me dei conta de que jamais se tornariam meus amigos. Assim, quando me convidaram para ir velejar com eles, declinei. Muito me agradaria, de fato, percorrer a baía num barco a vela, mas não com aquela gente. Vendo que sua tentativa não dera certo, meu pai ficou evidentemente desgostoso, mas nada disse a respeito.

Às vezes Mariana aparecia, e então tudo mudava. Era um arrebatamento quando ela surgia, na janela da cozinha, sempre linda, sempre sorrindo. Saíamos a caminhar pelo bairro, conversando. Ou, antes, ela falava, eu só escutava. Porque eu era tímido, e ela, ao contrário, gostava de conversar; e tinha muito a contar. Falava com entusiasmo do trabalho no palácio, da família do imperador; e por Dom Pedro II tinha uma veneração que chegava às raias do religioso.

— Que homem bom — não cessava de repetir. — Que homem bom! É um pai para nós, os brasileiros. Você não acha, Rafael?

— Acho — eu dizia. Mas não tinha bem certeza. Não era isso que eu estava ouvindo. Nem o que lia — graças aos esforços do professor, eu, agora mais desembaraçado na leitura,

podia enfrentar a palavra escrita — em jornais como *A República*, que estava à venda na banca próxima a nossa casa, na Glória. Não, nem todos estavam contentes com a situação. "A Monarquia" — dizia *A República* — "tem sido para nós a anarquia". Anarquia, aquilo eu não sabia bem o que era; mas certamente não se tratava de um elogio. Dessas opiniões eu não falava a Mariana. Aliás eu nem falava; me contentava em ouvi-la e sobretudo em olhá-la. Em me banhar na luz que irradiava de seu olhar.

Infelizmente, pouco nos víamos. Para meu azar, ela, que antes quase sempre estava em casa, agora passava a maior parte do tempo no palácio ou na residência da tia.

Em outubro fiquei sem aulas: o coronel teve de se submeter a uma cirurgia. Não posso negar que recebi a notícia com malcontido júbilo, mas o problema de novo estava criado: o que fazer com meu tempo livre? Bem que eu gostaria de ir ao teatro, por exemplo, ver as comédias musicais de Arthur Azevedo, das quais os jornais tanto falavam; mas isso meu pai não permitia. Então eu caminhava. Ia até o centro da cidade, e também — bom andarilho, eu era — a bairros mais distantes. Pitorescos, quase sempre; mas nem sempre bonitos.

No Botafogo havia um cortiço enorme — quatrocentas casas, verdadeiras ruínas em ruelas cheias de pessoas que se moviam entre carrocinhas e animais: porcos, cães, bodes, galinhas. Pela sarjeta, corria um esgoto fétido... Não, não era bonito de se ver. Mas a gente que morava ali parecia não se importar com a sujeira e o mau cheiro. Os ambulantes gritavam seus pregões, as mulheres cantavam — fado, samba, tirana —, os homens conversavam animadamente. Falavam de tudo, das festas, das corridas de cavalo, das brigas com a polícia, e de política. O Rio andava agitado naquela época, e a crise do governo mobilizava todas as atenções. Muita gente era de opinião que o imperador tinha de ser deposto. Vi punhos cerrados... E não só ali: no Flamengo, na Prainha, no Passeio Público, no Mangue.

— Onde é que você andou hoje? — perguntava meu pai, voltando do quartel. Meus passeios o preocupavam. Temia que eu me envolvesse em algum conflito de rua, coisa cada vez mais frequente à medida que se acirravam os ânimos. Eu contava o que tinha visto e ouvido; ele não fazia comentário nenhum, apenas franzia a testa.

— Amanhã você vai comigo para o quartel — disse. — Alguma coisa arranjaremos para você fazer lá, enquanto as aulas não começam.

Quartel? Era a primeira vez que falava nisso. Não contava nada sobre a vida na caserna; aliás, como eu disse, falava pouco. De modo que aquilo, mais que me entusiasmar, me comoveu. Pela primeira vez eu me sentia ao lado de meu pai.

E lado a lado seguimos para o quartel, na manhã seguinte. Era muito cedo — seis da manhã — e fomos a pé, ele dispensando o coche a que, como oficial, tinha direito. “Gosto de caminhar”, disse.

Era uma construção maciça, aquele quartel, e de longe parecia assustadora. À medida que nos aproximávamos, porém, comecei a sentir um cheiro diferente, um cheiro que me trouxe de imediato ternas recordações. Era o cheiro da campanha, o cheiro da estância de meu avô: o cheiro dos cavalos... Como se adivinhasse meus pensamentos, papai perguntou:

— Você quer ver nossos cavalos?

Se eu queria! Era o que eu mais queria! Ardia de impaciência, mas tive de acompanhar meu pai, que percorreu — os soldados empertigando-se e batendo continência quando ele passava — todo o pátio interno do quartel, entrando em sua sala. Lá estavam outros oficiais, em animada conversação; mais uns minutos decorreram, enquanto papai os cumprimentava e assinava uns papéis. Finalmente, se voltou para mim:

— Vamos lá?

Fomos. As cavalariças ficavam junto do quartel, dando para um amplo terreno que se destinava à prática de equitação. Amplo, mas limitado por cercas; aquilo era coisa para corcéis disciplinados, acostumados a galopar num espaço restrito, sem horizontes.

Eram bonitos, os cavalos. Isso tive de admitir, logo de início: eram cavalos muito bonitos. Diferentes daqueles que eu conhecia na campanha, alguns dos quais eram animais semisselvagens. Estes não. Estes eram cavalos criados em fazendas e destinados especialmente aos militares.

Aproximei-me de um alazão, alisei seu pelame macio. Sentia-me comovido, não nego; a vontade que tinha era de ficar ali. Preferia os cavalos às aulas de história. Uma ideia me ocorreu:

— Papai...

— O que é? — Ele também examinava, interessado, um cavalo; só que seu interesse era outro, era o interesse do administrador.

— Será que eu podia...?

Não tive coragem de completar a proposta. Ele insistiu:

— Fale, menino. O que é que você quer? Andar a cavalo? Não é permitido, você sabe. Isso só é permitido aos oficiais.

— Não, não é isso. Eu queria... Queria ficar aqui, cuidando dos cavalos.

Olhou-me assombrado, como se eu tivesse dito uma heresia.

— Você, cuidando dos cavalos? Você está louco, menino? Você, meu filho, o filho de um capitão do Exército de Sua Majestade, o Imperador, cuidando dos cavalos do quartel? Isso não é coisa para você, Rafael. Isso são os soldados que fazem, os recrutas. Você tem é de estudar!

— Por favor, papai!

Animado por uma súbita e ansiosa eloquência, argumentei com tal insistência, pedi com tal desespero, que ele chegou a se impressionar.

— Você gosta tanto assim de cavalos? Por quê?

— Porque me lembram a estância — respondi. — Me lembram o alazão que o vovô me deu, nossas carreiras pelo campo...

A melancolia toldou-lhe o rosto, ele suspirou. Decerto sentia saudades do campo; e decerto sentia falta de seu pai, por mais que com ele houvesse brigado.

— Está bem. Vou falar com o sargento encarregado. Inventarei uma desculpa qualquer; direi que não posso deixar você em casa, e que preciso lhe arranjar algo para fazer. Mas lembre-se: isso é só até seu professor recomeçar as aulas. Combinado?

— Combinado — eu disse. E já naquele mesmo dia, junto com o sargento e seus ajudantes, eu estava escovando os cavalos, aparando-lhes as crinas e dando-lhes de comer. Os soldados mal disfarçavam seu assombro. "Imagine só", disse um deles em voz baixa — não tão baixa que eu não ouvisse —, "o filho do capitão na cavalariça, cuidando de cavalo!"

A mim pouco importava o que dissessem. Sentia-me em meu chão; estava feliz, assobiava enquanto fazia a tarefa. Os recrutas, que me miravam com desconfiança, acabaram me aceitando. Ficamos amigos; mostrei a eles como encilhar um animal à maneira gaúcha. Tiveram de confessar: nunca haviam visto alguém que entendesse de cavalos como eu.

Naquela noite, vários oficiais vieram jantar em nossa casa. Benta se esmerou, preparou um verdadeiro banquete, que foi elogiado por todos. Após a sobremesa, se dirigiram ao salão, onde o mordomo trouxe para eles café, licores e charutos. Fiquei por ali, zanzando. Não estava muito interessado na conversa deles, mas captei algumas frases:

— O imperador só gosta de bacharéis. Nós, militares, somos ralé. Não temos riqueza, não temos bons padrinhos...

— E, no entanto, quem lutou na guerra do Paraguai? Foram os políticos, por acaso? Não. Fomos nós. Nós é que demos nosso sangue...

— Apesar disso os efetivos diminuem cada vez mais, nossos salários também, somos punidos cada vez que manifestamos nossa desconformidade...

— Felizmente há quem nos defenda: Deodoro da Fonseca, por exemplo. Esse é um homem em quem se pode confiar: é enérgico, íntegro, não é corrupto como esses da corte...

Deodoro da Fonseca. Era a primeira vez que ouvia aquele nome, mas ele me ficou gravado — por boas razões, como depois se viu. Sobre o comandante das Armas, falavam todos com verdadeiro fervor.

Todos, menos meu pai. Ou por ser o anfitrião, ou por ser homem naturalmente reservado, o certo é que não manifestava sua opinião. O que me deixava surpreso: eu julgava que ele sairia em defesa do imperador, a quem se orgulhava de servir. De outro lado, como se explicavam as críticas feitas por oficiais que, como ele, ocupavam postos de responsabilidade?

Mas eu estava muito cansado para pensar nessas coisas. Cansado e empolgado com os acontecimentos do dia. Por isso pedi licença e fui me deitar.

Os dias que se seguiram foram, se bem recordo — e bem recordo! —, muito felizes. Levantávamos cedo, papai e eu; tomávamos o café da manhã ouvindo os passarinhos; e seguíamos a pé para o quartel. Ele ia para seu trabalho, eu para o meu — embora, nesse momento, ele fizesse uma careta de desgosto. Não gostava de ver o filho se dirigir às cavalariças.

Logo se tornou conhecida no quartel minha habilidade no trato com os cavalos. De fato, eu me entendia com eles, tanto quanto me entendia com os animais da estância. "É um prodígio esse menino", dizia o sargento. "Parece que ele fala com os bichos!"

Estimulado por esses comentários, eu me dedicava mais e mais aos "meus" cavalos. Aprendi tudo sobre eles, sobre seus gostos, suas manias. Descobri que aqueles animais, tratados e treinados da mesma maneira, apresentavam, contudo, diferenças em seu jeito de ser. E alguns até me surpreendiam.

O baio, por exemplo.

Era um belo animal, aquele. Pertencia a um coronel que se gabava de sua ascendência sobre os cavalos:

— Esse aí — ele me dizia — fui eu mesmo que domei. Era um bicho muito genioso, agora está que é um doce. Faço com ele o que quero.

Enganava-se. O baio fora subjugado, não domado. A mim não passava despercebido o brilho de revolta em seu olhar, o relincho de protesto quando lhe colocavam a sela. Se pudesse, aquele cavalo se ergueria nas patas traseiras, em irado desafio. Se pudesse, escoicearia seu dono. Disso eu estava seguro, embora nada falasse a respeito ao coronel, que, homem orgulhoso, certamente se ofenderia. "Quem esse garoto pensa que é? O intérprete dos cavalos?"

Não, de cavalos eu não falava. Mesmo porque todos os animais ali tinham donos importantes, a começar pelo próprio marechal Deodoro da Fonseca. Um de seus cavalos — ele tinha vários, em diferentes lugares — ali ficava, sempre a sua espera. Era um bicho vaidoso, que ignorava ostensivamente seus companheiros de cavalariça. Como se dissesse: "O cavalo do comandante de Armas não pode ficar com simples equinos".

Sim, eram interessantes aqueles bichos. E eu estava vivendo uma grande experiência. Pena que não podia compartilhá-la. Com meu pai, falava pouco; e aquele não era um assunto que podia abordar com ele. Com Benta... Bem, para ela tudo o que eu fazia era maravilhoso, seu aplauso era sempre imediato e incondicional. Mariana...

Ah, eu ansiava por ver Mariana. Não só para contar a ela sobre o quartel; eu queria vê-la, queria passear com ela, queria até — mas nem ousava pensar nisso — segurar sua delicada mãozinha. Infelizmente, Mariana pouco vinha para casa e, quando isso acontecia, nos encontrávamos muito rapidamente. Nessas ocasiões, e como já era quase de regra entre nós, era ela quem falava — e sempre sobre o palácio, o imperador, a família do imperador... Uma vez, chegou alvoroçada: haveria, a 9 de novembro, um grande baile na Ilha Fiscal, em homenagem a oficiais da armada chilena, e sua tia dissera que talvez pudesse levá-la.

— Você já imaginou, Rafael? Eu, num baile da Ilha Fiscal? Num dos famosos bailes da Ilha Fiscal? Claro que não poderei entrar no salão, terei de olhar tudo da cozinha. Mas que será um deslumbramento, ah, isso será. Aquelas marquesas e condessas de vestidos vaporosos, aqueles viscondes e barões empertigados... E a valsa do imperador... Deve ser lindo, você não acha, Rafael?

Lindo? Talvez. Mas eu achava uma imprudência um baile imperial num momento em que — segundo os amigos de meu pai — o Brasil estava à beira do desastre. Eu não sabia bem o que queria dizer aquilo, mas coisa boa é que não haveria de ser; aliás, segundo eles, o imperador, um homem velho, estava caduco, não atinava bem com as coisas. Eu achava essa afirmação uma falta de respeito, embora, pensando bem, o baile me parecesse um tanto despropositado. Claro, não manifestaria minha opinião a Mariana nem lhe diria o que os oficiais pensavam de Dom Pedro II, porque ela acabaria brigando comigo. Contudo, outra coisa me deixou aborrecido: ela nem me perguntou como eu estava, o que andava fazendo, nada. Para Mariana, o baile era tudo o que importava agora.

Magoado, tomei a decisão comum aos que padecem de paixão não correspondida: resolvi esquecê-la. Não a procuraria mais. Afinal, eu tinha os cavalos e, como uma vez me dissera um peão a quem a namorada abandonara: "Nos cavalos a gente pode confiar, Rafael, nas mulheres não; elas têm asas no coração, Rafael". Asas no coração? Que voasse, então. Que voasse para a Ilha Fiscal com a corte toda.

Não sei se foi coincidência ou não, mas na manhã daquele dia 9 acordei queimando em febre. Tentei me levantar da cama, não pude: estava tonto, a cabeça girava. "Você hoje fica em casa", disse meu pai. "A Benta vai te preparar um chá."

Benta era entendida em plantas medicinais. Meu pai confiava mais nela do que nos médicos.

Fiquei, pois, de cama; tomei o chá, mas não melhorei. No dia seguinte a febre estava ainda mais alta; no terceiro dia comecei a delirar. Via o imperador, a cavalo, invadindo meu quarto, e me apontando um dedo acusador:

— Você não foi ao baile da Ilha Fiscal! Você abandonou a Mariana!

Mariana! Eu chamava por ela. E chamava por minha mãe, de quem tinha apenas uma tênue lembrança. Meu pai se assustou e, apesar de sua desconfiança em relação aos doutores,

resolveu chamar o médico do quartel. Ele veio, me examinou, mas teve de confessar a meu pai que não sabia o que eu tinha; podia ser uma das inúmeras doenças que naquele tempo grassavam no Rio de Janeiro — a varíola, a peste bubônica, a febre amarela — e que haviam transformado a cidade no terror dos estrangeiros; a tal ponto que os capitães de muitos navios se recusavam a atracar ali.

— E o que vamos fazer? — perguntou meu pai, angustiado.

— Vamos aguardar — disse o doutor.

Receitou umas tisanas e se foi; que o chamassem a qualquer momento. Meu pai decidiu não ir ao quartel enquanto eu não melhorasse; ele e Benta se revezariam à cabeceira de meu leito.

Na quarta noite despertei de súbito, possuído de uma estranha sensação: acreditava estar ouvindo os relinchos dos cavalos do quartel. Sentei-me na cama, ainda tonto e alarmado. Quem estaria cuidando dos animais? Teriam dado a eles água e forragem? No estado de confusão em que me achava, tinha certeza de que as pobres criaturas haviam sido abandonadas, e que talvez estivessem morrendo de fome e sede. A meu lado, no quarto debilmente iluminado por uma lamparina, meu pai dormia, sentado numa poltrona. Era tarde, muito tarde. Eu não tinha relógio, mas decerto passava da meia-noite.

Levantei-me e, silenciosamente, me vesti. Pé ante pé, fui até a entrada, abri a porta e saí. O ar fresco da noite me reanimou. Caminhei pela rua deserta, passando pela casa de Mariana. Havia luz — estaria ela ali? Ora, que me importava? Eu tinha uma missão a cumprir.

Cheguei ao quartel, passei pela sentinela — adormecida —, avancei pelo pátio iluminado pelo luar. À porta da cavalariça, me detive: ouvi vozes. Ou melhor, uma voz. Uma voz grossa, desconhecida para mim. Alguém falava ali dentro. Ou melhor, fazia um discurso exaltado.

Meu primeiro impulso foi bater em retirada. Afinal de contas, o que eu estava fazendo — ainda que justificável — era errado: tinha saído da cama, desobedecendo às ordens do médico, tinha fugido de meu pai, tinha entrado no quartel sorrateiramente. O certo era cair fora. Mas então me dei conta de que não conhecia aquela voz. Não era de ninguém do quartel. E aquilo me deu ciúmes, me deu raiva: quem estava falando, e daquela maneira autoritária, com "meus" cavalos? Quem era o intruso, o arrogante? Decidi, cautelosamente, espiar.

Não havia ninguém ali, conforme pude perceber à luz do luar que entrava pelas aberturas laterais. Ninguém a não ser os cavalos. Mas, então, que diabos, quem...?

O baio. O baio do coronel. Era ele quem falava.

Recuei, estarrecido. Mas logo a seguir — e agora maravilhado — avancei. O baio falava! Os cavalos falavam!

Mas, pensando bem, por que não? Na verdade, no mais íntimo do meu ser, eu sempre acreditara que os cavalos pudessem falar. Que pudessem articular mais que um simples relincho; tanto mais que relinchos eram, para mim, claras mensagens. De modo que, me esgueirando para dentro da cavalariça e me ocultando atrás de uns fardos de forragem, me dispus a ouvir o que dizia o cavalo do coronel.

Era um verdadeiro comício que ele estava fazendo. Sublinhando cada palavra com golpes de casco, os olhos brilhando de fúria, ele falava. Contra quem? Contra os seres humanos, a quem acusava de oprimir todos os reinos da natureza — o animal, o vegetal, o mineral — e, principalmente, de oprimir os cavalos.

— Tudo o que eles fizeram, tudo o que conseguiram, foi à nossa custa. Nós éramos seres livres; galopávamos pelo pampa e pela estepe, pelas colinas e pelas praias, e isso muito antes que eles surgissem na face da Terra... Mas então vieram esses bípedes, nos submeteram pela força e nos obrigaram a servi-los. Transportamos seus reis, seus guerreiros, seus comerciantes; puxamos suas carruagens, suas diligências e carroças. Eu vos afirmo, amigos, citando as palavras de um deles, cujo nome já não recordo: na trilha que levou o ser humano da barbárie à civilização encontraremos sempre, sempre!, as marcas das patas do cavalo. Mas, a respeito dessa frase, quero fazer duas observações. Em primeiro lugar, que as marcas de nossos cascos, antes do surgimento desses algozes, estavam livres dessa coisa chamada ferradura, que eles consideram símbolo de sorte, mas que é a própria evidência de nossa servidão. Em segundo lugar, embora eles hoje se considerem civilizados, não deixarão de ser bárbaros enquanto continuarem nos escravizando!

Os outros cavalos permaneciam em silêncio. Só se ouvia um bufido de vez em quando, certamente em apoio àquele raivoso protesto. Mas já o baio prosseguia:

— Aqui mesmo, neste país que eles chamam de Brasil, podemos constatar como nos exploram. Não houve um momento, nesses últimos trezentos e tantos anos, em que eles não tivessem nos usado. Cultivaram as terras graças a nós; nos utilizaram em suas expedições guerreiras. Até a independência foi proclamada do lombo de um cavalo. Aquele príncipe deles, o Dom Pedro I, jamais proclamaria a separação de Portugal, se estivesse a pé!

Nova pausa, e ele continuou:

— Sim, sei o que os amigos vão dizer: não é só a nós que eles exploram. Fazem isso com outros animais, fazem isso com seus próprios semelhantes. Aqui, neste lugar a que chamam de Brasil, tentaram primeiro escravizar os índios; como não conseguiram, trouxeram de além-mar negros que foram escravizados para trabalhar nas plantações de cana-de-açúcar. E o mesmo aconteceu em muitos outros países desse lugar que é, para eles, o Novo Mundo, e que, para nós, cavalos, é um mundo muito antigo. E, porque se oprimem uns aos outros, passam o tempo todo se hostilizando, quando não guerreando. Vejam, de novo, o que aconteceu aqui, no Brasil: os primeiros colonizadores foram os portugueses. Brigaram com os índios, com os franceses, com os holandeses, com os espanhóis, mas consolidaram seu domínio. E então se tornaram brasileiros e começaram a brigar com a metrópole: a revolta de Beckman, a guerra dos emboabas, a guerra dos mascates, a revolta de Felipe dos Santos, a conjuração mineira, a conjuração baiana. Tudo isso, nós, os cavalos, acompanhamos, enfrentando balas de arcabuz e de canhão, morrendo por causa deles... Nós, os cavalos. Falavam dos soldados que morriam, mas quem falava dos equinos tombados? Ninguém, a não ser nossos ancestrais, de quem aprendi essas histórias. Nossos pobres ancestrais.

O cavalo se deteve um instante. Eu estava assombrado e, mais que assombrado, comovido, olhos cheios de lágrimas. Nunca poderia imaginar que cavalos falassem; que, falando, manifestassem tanto conhecimento e, sobretudo, tanta emoção. Eu me sentia culpado, miseravelmente culpado. Aliviava-me um pouco a consciência o fato de sempre tê-los tratado com carinho; mas a verdade é que muitas vezes os tinha feito correr pelo campo, e será que era isso que queriam, correr pelo campo? Até então eu imaginara que sim, que galopando éramos um, o cavalo e eu; mas será que eu estava certo? Será que não me incluíam no rol de seus opressores? Se eu aparecesse diante deles, naquele momento, não se atirariam contra mim, me golpeando com seus cascos — ferrados —,

na expressão de uma ira mais que justa? Eu não sabia. Por via das dúvidas, continuei escondido, rezando para que não dessem por minha presença. Além disso, estava curioso por ver aonde levaria aquela conversa. Que na verdade era um monólogo; só o baio falava. Estranho que os outros cavalos não contestassem, que nenhum deles procurasse defender os humanos? Talvez. Mas aquilo poderia ser mesmo a natural ascendência de um cavalo com espírito de liderança sobre seus semelhantes. Não tive tempo de especular a respeito, porque o orador já prosseguia:

— Agora, eles estão envolvidos em novo conflito. Como os amigos devem saber, este país é governado, há bastante tempo, por um imperador. Trata-se de Dom Pedro II, um homem idoso e, ao que dizem, doente: já passou mais de um ano na Europa em tratamento médico. Dele não se pode dizer, como dizem os humanos, que é forte como um cavalo; aliás, uma das poucas homenagens que nos fazem. Este homem está no trono há quase cinquenta anos, e neste tempo o Brasil evoluiu muito. Os grandes fazendeiros que enriqueceram com o café, obviamente plantado por escravos, e que davam o principal apoio ao imperador, já não são os únicos que mandam. Há também industriais, financistas, profissionais liberais, gente que acha que é tempo de renovar. O Brasil se urbanizou, tem grandes cidades; ferrovias, fábricas, bancos aparecem por toda parte. O eixo do poder está mudando, do Nordeste para o Sul, onde a mão de obra escrava foi substituída pela dos imigrantes…

Nesse momento, me lembrei dos alemães que tínhamos encontrado no porto de Rio Grande. As palavras do cavalo confirmavam o que meu pai me dissera: aquela gente estava ajudando a criar um novo Brasil.

— Esses novos centros de poder não apoiam o imperador — continuou o baio. — E, de outro lado, seus antigos aliados, os fazendeiros que utilizavam os escravos nas plantações, estão furiosos por causa da Lei Áurea, que acabou com a escravatura. Aliás, não pensem que isso foi um gesto de bondade; nem imaginem que, assim como libertaram os negros, libertarão também os cavalos. Não, o que aconteceu foi que a Inglaterra pressionou o governo brasileiro, por causa da concorrência agrícola deste país às colônias inglesas. Bondade, amigos? Talvez exista bondade em alguns idealistas generosos. Mas a política dos humanos é governada basicamente por seus interesses, por sua ânsia de poder e riqueza.

Interrompeu-se um instante, talvez para avaliar o efeito de suas palavras. Os demais cavalos permanecendo em silêncio, ele retomou seu discurso:

— E temos a questão militar. Os oficiais estão insatisfeitos, acham que estão perdendo poder para os bacharéis do governo, a que eles chamam de "legistas".

De novo, aquilo confirmava o que eu já tinha ouvido. Cavalo bem informado estava ali.

— De modo que estão conspirando em conjunto com outras forças para derrubar o imperador...

Quase caí para trás: derrubar o imperador, eu tinha ouvido bem? Sim, tinha ouvido bem, porque já o baio, que deveria ter ouvido essas coisas do coronel e seus amigos, entrava em detalhes:

— Os incidentes têm se sucedido. Os republicanos fazem propaganda aberta de suas ideias. Houve um atentado contra o imperador... E o governo já não confia no Exército. Ao contrário, criou na polícia um corpo especial para reprimir os manifestantes: é a Guarda Negra, formada por ex-escravos, muitos deles capoeiras, que, gratos à Lei Áurea, juraram defender a Monarquia.

Ah, sim. Agora estava explicada a aversão de meu pai aos capoeiras. Gente que eu, ao contrário, admirava: muitas vezes, em minhas caminhadas, assisti a suas demonstrações e até a uma ou duas lutas de verdade. Parecia-me que aqueles negros tinham aprendido a usar a agilidade contra as armas de fogo que não possuíam; era quase uma dança, aquilo. Mas eu não sabia da rivalidade entre o Exército e a Guarda Nacional, à qual a Guarda Negra era ligada.

— Vários militares já foram demitidos e até presos. As chefias estão muito irritadas, principalmente Deodoro da Fonseca, que goza de grande prestígio. Ele já fez uma reunião em sua própria casa, com Aristides Lobo, Rui Barbosa, Quintino Bocaiúva, Benjamin Constant e outros partidários da República. O movimento deveria estourar no dia 20 de novembro, mas, com os boatos da prisão de Deodoro, resolveram antecipá-lo para o dia 15. Nesta data, derrubarão o imperador e proclamarão a República.

Eu ouvia estarrecido. Literalmente, estarrecido. E não era tudo!

— E é aí que entramos. Como sempre, eles contam conosco. De cima de nossos lombos anunciarão sua decisão ao povo. De cima de nossos lombos acenarão para a multidão. E, tudo acabado, nos mandarão para as cavalariças. Pelo menos é o que pretendem. Mas estão enganados. Pois, meus amigos, duas repúblicas serão proclamadas neste país: a dos brasileiros e a dos cavalos!

Frase de efeito! Julguei ouvir relinchos de apoio. Ou seria minha imaginação? Bem, não era importante, eu queria ouvir os detalhes do plano que o baio agora explicava, em voz muito mais baixa, mas ainda audível:

— O cenário para esse ato já foi escolhido: é o campo da Aclamação, onde fica o quartel-general. Lá estará reunido o ministério. Vários militares com Deodoro à frente, todos montados, proclamarão a República, acenando então para os soldados, que os aplaudirão, e para a multidão, que decerto assistirá à cena bestificada. Bestificado é o termo que os humanos usam para descrever o aparvalhamento deles, que comparam à situação das bestas, entre as quais nos encontramos, nós, os cavalos. Mostraremos, porém, que não somos bestas. Naquele instante, deflagraremos nossa rebelião. Empinaremos, jogando nossos cavaleiros ao chão. E então sairemos em disparada, galopando como galopávamos por este mundo sem porteira antes que aqui aparecessem os humanos. Chegaremos ao distante planalto central, lá onde eles ainda não puseram os pés, nos desfaremos de selas e ferraduras e viveremos em liberdade para sempre. Se por acaso um chefe for necessário, um presidente, os amigos podem contar comigo!

Ainda uma pausa, e ele foi em frente:

— Há uma figura-chave nisso tudo: você.

Talvez apontasse com a pata ou com o focinho, mas eu não podia ver.

— Você, amigo. Na qualidade de cavalo de Deodoro, cabe a você o primeiro movimento. Você tem de atirar Deodoro ao chão. Sim, sei que você jamais pensaria numa coisa dessas, e particularmente num momento de tanta importância para "eles", mas isso não nos deve intimidar. Deodoro que caia,

que vá preso, não importa. O importante é que a confusão será tamanha que poderemos escapar com a maior facilidade. Lembre-se: este ponto é crítico. Você deve derrubá-lo *antes* que ele desmonte para entrar no quartel-general.

O que eu estava ouvindo era tão incrível que não pude evitar um movimento involuntário; e, ao me mexer, derrubei um dos fardos de forragem.

— Há alguém aí! — disse o baio, e eu não esperei para ver o que iria acontecer. Saí em desabalada carreira e só parei em casa, ofegante, a ponto de desmaiar. A custo, me arrastei até meu quarto, onde meu pai ainda dormia a sono solto. Caí na cama e adormeci um sono bruto, pesado.

Acordei molhado de suor, muito fraco, mas sem febre, e me sentindo melhor. A primeira coisa que me veio à mente foi o discurso do cavalo do coronel. Eu lembrava de palavra por palavra, mas acontecera realmente aquilo? Não teria sido um sonho, um delírio? De um lado, aquilo me parecia fantástico; mas, de outro, a recordação era tão vívida, real, que eu estremecia evocando as palavras do baio. Olhei meus pés: estavam sujos. Sujos, por quê? Pelos vários dias que já se passavam sem eu tomar banho, ou sujos da poeira das ruas e do quartel?

Meu pai se mexeu na cadeira, resmungou alguma coisa incompreensível, abriu os olhos, no começo assustado, mas logo alegre:

— Você melhorou, meu filho! Por Deus, você melhorou!

Pôs-se de pé num salto, colocou a mão em minha testa.

— Está sem febre! Completamente sem febre! Jesus Cristo seja louvado, você está salvo!

Correu para a porta.

— Benta, venha ver nosso herói! Ele está sem febre, Benta! E quer comer!

Voltou-se para mim:

— Você quer comer, não é, Rafael?

— Quero — disse, menos por ter fome do que para atender sua expectativa. Comovia-me sua alegria. Agora eu via como me amava, aquele homem. Não sabia demonstrá-lo, claro!, mas me amava profundamente.

Benta logo apareceu. Ao me ver, levou as mãos ao rosto:

— Virgem Santa, o patrãozinho ficou curado!

Deu meia-volta e regressou uns minutos depois com uma bandeja cheia: mingau de fubá, suco de laranja, pãezinhos, mel, geleia...

— Não vou comer tudo isso — reclamei.

— Vai, sim! Tudo isso e mais! Já estou preparando um frango assado! O patrãozinho precisa recuperar as forças!

Enquanto eu comia a abundante refeição, ou melhor, devorava, porque estava realmente esfomeado, bateram à porta: era o ordenança de meu pai, trazendo uma mensagem do comandante. Ele leu. Em sua testa formou-se um vinco de preocupação.

— Tenho de ir imediatamente ao quartel. Precisam de mim com urgência.

Dirigiu-me o olhar, ansioso:

— Você acha que dá para eu ir, Rafael? Ou será melhor eu ficar aqui?

— Vá — eu disse —, estou bem, não se preocupe, qualquer coisa a Benta está aí.

Ele ainda hesitava. Por fim, apanhou a túnica e o cinturão.

— Vou. Se você precisar de mim, mande o João Ernesto ao quartel.

Beijou-me, rápido mas fervoroso, e se foi. E tão logo saiu, me dei conta: não tinha contado a ele a história do cavalo.

Mas deveria ter contado? Mesmo que não fosse um delírio, será que ele acreditaria em mim? Porém, se eu não dissesse aquilo para ele, meu pai, para quem mais eu diria?

Enquanto me debatia na dúvida, Benta entrou, sorridente.

— Tem uma visita para o patrãozinho.

Mariana.

Mais linda que nunca, num vestido amarelo e com um chapeuzinho muito gracioso. Correu para mim.

— Ai, Rafael, você estava aí doente e eu nem vim te ver! Perdoe, mas só hoje fiquei sabendo!

— Não precisa se desculpar — eu disse, transbordando de felicidade. — É uma alegria ver você. O que importa é que você está aqui. Sente aí nessa poltrona.

Sentou-se, e durante uns segundos ficamos a nos olhar, sorrindo. Oh, Deus, eu a amava. Como a amava!

— Você quer tomar café? — perguntei para romper o silêncio embaraçoso.

— Obrigada, Rafael, já tomei. Então me conte: é verdade que você esteve bem mal, com febre alta?

— É, sim. Febre altíssima.

E acrescentei, importante:

— Quase me fui, Mariana.

— Não diga! — Ela, horrorizada. — Mas agora você está bem?

— Agora estou bem. Mas ainda esta noite...

Interrompi-me. O que ia dizer a ela? Esta noite tive um delírio? Ou contaria a estranha conversa dos cavalos?

— Sim, Rafael. O que aconteceu à noite?

Eu ainda hesitava.

— Fale — insistiu ela. — Sou sua amiga, quero saber de tudo. Conte.

Amiga? Só amiga? Eu queria que ela fosse mais. Queria que fosse minha namorada. Para quem a gente conta tudo, se não for à pessoa que amamos?

— Você não vai acreditar, Mariana...

E contei.

Ouviu-me, em princípio surpresa, logo aparvalhada. Quando terminei, ficou um bom tempo em silêncio.

— Você quer — disse por fim, lentamente — que eu acredite nisso que você me falou?

Oh, céus!

— Sim, Mariana, eu sei que tudo pode ter sido um delírio, um...

— Você quer que eu acredite — prosseguiu ela, sem me ouvir — nesse seu conto da carochinha? Você é um mentiroso, Rafael. Pior, você é cruel.

Pôs-se de pé, indignada.

— Você sabe que eu amo nosso imperador, Rafael! Você sabe que eu adoro aquele homem e sua família! E, sabendo disso, você vem me assustar com essa história de que ele vai ser deposto pelos militares?! Uma história que você diz ter ouvido de um cavalo! Você perdeu a vergonha, Rafael?

Calou-se, a custo contendo os soluços.

— Ah, Rafael, e eu que gostava tanto de você! Cheguei a pensar que...

Interrompeu-se de novo, as lágrimas correndo pelo rosto. Olhou-me um instante, o desespero e a raiva refletidos na face, e então bradou:

— Nunca mais quero ver você, Rafael! Entendeu? Nunca mais quero ver você!

Saiu correndo. Levantei-me, tentei ir atrás dela, não consegui; ainda estava muito fraco. Dei uns passos e me deixei cair na cadeira. Benta apareceu, assustada.

— Que houve, patrãozinho? Por que a Mariana foi embora correndo?

— Nada, Benta. Não houve nada. E agora me deixe, por favor.

A custo, voltei para a cama. Em minha cabeça mil pensamentos se cruzavam. O que poderia eu fazer? O que deveria eu fazer? E então tudo ficou escuro, e não vi mais nada.

Quando acordei já era noite. Meu pai estava diante de mim: nem ansioso nem alegre como eu vira de manhã; parecia, antes, exausto. Ou melhor, esgotado. Isso mesmo: esgotado.

— E então, filho? — perguntou, numa voz rouca, fraca. — Tudo bem?

— Tudo bem — respondi, preocupado com seu aspecto. — Houve alguma coisa, papai?

— Não. Por que você pergunta?

— Você está com ar preocupado...

— Uns problemas. Mas é coisa pouca. Vou tomar banho, depois jantamos.

Encaminhou-se para a porta.

— Papai.

Ele se voltou.

— Sim, filho?

Não, eu não poderia contar a ele a história. Meu pai ficaria preocupado, achando que a doença tinha me afetado a cabeça, me deixando de miolo mole. Não, eu não tinha o direito de acrescentar mais aquela preocupação às que ele evidentemente já tinha.

Mas... Que preocupações tinha, no momento? O que o estaria incomodando tanto?

De repente me ocorreu: era algo ligado à conspiração de que falara o baio. Sim, mas o quê? De que lado ele estaria? Mistério. Eu sabia de sua lealdade ao imperador; mas recordava também as frases exaltadas de seus companheiros de farda, em nossa própria casa, sua admiração por Deodoro da Fonseca. Não, eu não sabia de que lado meu pai poderia estar. E, de súbito, me senti só, terrivelmente só. Enterrei a cabeça no travesseiro e chorei, chorei, até adormecer.

Acordei de madrugada. Levantei-me, ainda tonto, mas já bem melhor, e me vesti. Bateram à porta. Era Benta.

— O patrãozinho quer café?

— Quero. Onde está papai?

— Saiu. Saiu muito cedo. Vieram buscá-lo.

Estranhei.

— Quem?

— Não sei. Um outro capitão.

— Foram para o quartel?

— Não. Foram para outro lugar, mas ele não me disse qual era. Só disse que talvez não viesse jantar. Nem dormir.

Algo me ocorreu.

— Que dia é hoje, Benta?

— Dia 15. Por quê?

— Por nada — respondi, e saí correndo, ela atrás de mim.

— O patrãozinho não pode ir sem tomar o café, o patrãozinho está doente!

Fui até o centro. Sim, alguma coisa estava acontecendo. Por toda parte grupos de pessoas conversando em voz baixa: aparentemente, a cidade fervilhava de boatos. Andei por ali, tentando descobrir alguma coisa, o que não consegui. Finalmente me dirigi para o campo da Aclamação. A frente do quartel estava guardada por soldados, marinheiros e policiais; dois mil deles, segundo ouvi de um popular. De súbito, prorromperam em aplausos.

Era Deodoro da Fonseca.

À frente de outros militares, todos a cavalo, tal como dissera o baio, se aproximavam do quartel.

Era o momento!

Aturdido, eu não sabia o que fazer. Deveria correr para Deodoro, gritando: "Desça daí, marechal, este cavalo é um conspirador, ele vai jogar o senhor no chão?" Mas qual seria a reação dele, dos soldados? Iam pensar que eu estava louco? Ou me dariam um tiro? Paralisado, eu aguardava os acontecimentos.

Deodoro se aproximava, impávido, altaneiro. Os militares o aplaudiam; as pessoas, a meu redor, olhavam para ele, bestificadas. Ele veio vindo. Passou por mim, a apenas alguns metros de distância, e então "aquilo" aconteceu.

O cavalo piscou o olho para mim.

Boquiaberto, eu não acreditava no que vira: o cavalo de Deodoro, brejeiro, piscando para mim. Não derrubara o marechal; pelo contrário, avançava, garboso. E piscara o olho. Quanto aos outros cavalos, estes o seguiam, inclusive o baio do coronel. A passo, disciplinados como costumam ser os cavalos de quartel.

— Ele piscou o olho para você!

Virei-me: era Mariana.

— Mariana! — Eu, surpreso e alegre. Alegre por ela ter falado comigo, mas ao mesmo tempo perturbado e temeroso. Por que ela estaria ali? Seu lugar não era no palácio?

— O que você está fazendo aqui?

Ela ignorou minha pergunta: me olhava como se eu fosse um ser de outro planeta.

— O cavalo piscou o olho para você! Eu vi, Rafael!

As pessoas se voltaram para ela.

— Calma — eu disse, e puxando-a pelo braço a levei dali. Deixou-se conduzir como uma sonâmbula, repetindo:

— Ele piscou o olho, eu vi, ele piscou o olho.

Embaixo de uma árvore, paramos.

— Olhe aqui, Mariana, você pode ter se enganado, ou então o cavalo piscou mesmo, mas decerto foi por causa de uma poeirinha qualquer...

— Não! Ele piscou o olho bem brejeiro! Eu vi!

Ela me mirou fixamente.

— Então era verdade, Rafael! Aquilo que você me contou, da conversa dos cavalos, da conspiração contra o imperador, era verdade!

— Bem... — Eu, embaraçado. Feliz porque Mariana agora me olhava com ar respeitoso; mas consternado com a tristeza que, eu sabia, ela deveria estar sentindo, com a deposição do imperador. — Você sabe que...

Interrompeu-me:

— Mas, espere! Segundo a história que você me contou, o cavalo de Deodoro deveria derrubá-lo. Por que ele não fez isso? Por que piscou o olho para você?

— Eu não sei se ele piscou o olho para mim...

— Piscou! Não tente negar, ou vamos brigar de novo!

— Está bem. Se você diz que ele piscou, então ele piscou. Bem, eu cuido desse cavalo, não é, Mariana? Desse e dos outros. Eles me conhecem, gostam de mim. Então é natural que...

— Mas por que ele não derrubou o marechal? — Ela bateu o pé no chão, com raiva. — Por que, Rafael? Se ele tivesse derrubado o Deodoro, Rafael, os soldados não o aplaudiriam, tenho certeza disso. Ao contrário, até o prenderiam. Não haveria nenhuma proclamação da República, o imperador ficaria no trono. Por que esse cavalo não fez o que o outro disse?

Eu não tinha resposta para aquela pergunta. Claro, poderia ponderar que o cavalo sairia lucrando com tudo aquilo, afinal ser cavalo de um marechal vitorioso sempre tem suas compensações, em termos de cuidados. Mas a verdade é que agora já não estava mais seguro de nada. Nem eu nem as pessoas ao meu redor. "O que vai acontecer?", todos se perguntavam. "O que será do nosso Brasil?"

Uma indagação para a qual eu não tinha resposta. Nem queria ter. Naquele momento eu segurava a mão de Mariana e a admirava ternamente. E isso já era suficiente.

Não voltei mais a cuidar dos cavalos. Meu pai, alegando que eu estava em fase de convalescença, não permitiu, mesmo porque as aulas estavam para começar. Eu tinha de me preparar para o ano letivo com o professor, que, infelizmente para mim, voltara do hospital com energia redobrada, e agora me obrigava a decorar os nomes de todos os rios, riachos e córregos do país.

Nunca mais ouvi um cavalo falar. E isto é o mistério da minha vida: ouvi o cavalo falar, ou foi tudo fruto da minha imaginação? Não sei. Talvez haja na vida de cada pessoa uma noite em que os cavalos falem e uma manhã em que os cavalos pisquem para ela. Aliás, Mariana também não tocou mais no assunto. Admitia que pudesse ter se enganado.

Não voltei mais ao quartel; nunca mais vi os cavalos. O que não deixou de ser um alívio. A lembrança daquela noite angustiante não era nada agradável, e para mim seria muito penoso voltar ao cenário de um acontecimento tão estranho.

O tempo passou. Terminei meus estudos e, tal como estava previsto, segui a carreira militar e me tornei aspirante a oficial. Quando meu salário atingiu um nível razoável, pedi a mão de Mariana em casamento. Ela aceitou. Foi uma linda festa, aquela, com a igreja da Glória toda decorada, meus amigos todos presentes, meu pai com os olhos cheios de lágrimas... Até meus avós, já bem velhinhos, vieram do Rio Grande do Sul.

— É uma viagem longa — disse vovô —, mas tu mereces. Além disso, queria conhecer o mar. Tu sabias que eu nunca tinha visto o mar?

Nem é preciso dizer que Mariana e eu somos muito felizes. E, agora que nossa velhice se aproxima, resolvi colocar a história no papel, talvez para dividir minha perplexidade com meus descendentes. Hoje, do fundo dos tempos, também para vocês o cavalo de Deodoro pisca o olho. É um direito que assiste aos cavalos.

moacyr scliar *Bastidores da criação*

Para escrever *Os cavalos da República* parti do quadro clássico do artista Henrique Bernardelli (1858-1936) que mostra a cena da proclamação da República: o marechal Deodoro e outros chefes militares, a cavalo, declarando o fim do Império. Olhando o quadro, o próprio marechal teria dito que quem estava melhor ali era o cavalo que ele montava.

Escrevi, então, e com muito prazer, uma história em que o personagem, um rapaz chamado Rafael, imagina os cavalos discutindo a situação do país. Mais adiante, presencia a Proclamação da República e fica assombrado quando o cavalo do marechal pisca o olho para ele. Enquanto isto, e como dizem os relatos escritos naquela época, o povo olhava assombrado para os militares, sem saber direito o que estava acontecendo, sem se dar conta de que, naquele momento, o Império terminava para sempre, e o Brasil se transformava numa república.

Durante muito tempo esta foi a regra na história do nosso país: a população não participava nas grandes decisões, isto ficava por conta de pequenos grupos. Hoje a situação mudou, ainda bem; podemos nos orgulhar de uma democracia ativa, em que a população discute, avalia e escolhe os seus governantes. Esses governantes, pelo menos, já não montam a cavalo, nem os cavalos piscam o olho para os meninos. Mas vale a pena lembrar a época em que isso acontecia, não é mesmo? Porque assim a gente aprende as lições da História. E, ao mesmo tempo, se diverte.

Biografia

Acervo do autor

Moacyr Scliar nasceu em 1937 em Porto Alegre. Foi sua mãe, uma professora primária, que o alfabetizou e despertou no futuro escritor o amor pela literatura.

Scliar dizia que em sua família de imigrantes do Leste europeu todos eram bons contadores de história. E essa alegria em compartilhar experiências de vida e causos foi decisiva para conduzi-lo ao mundo dos livros.

E bota "mundo" nisso. A obra de Scliar conta com mais de setenta títulos. E em quase todos os gêneros, do romance à crônica, do ensaio à literatura infantil. Tantos e tão variados títulos fizeram de Scliar um dos autores mais respeitados no Brasil e no Exterior, premiado muitas vezes e com leitores em países como Suécia, Estados Unidos, Israel, França, Japão e muitos outros. E, em 2003, o escritor ingressou na Academia Brasileira de Letras. Uma grande honra, sem dúvida. É o coroamento de uma vida inteira dedicada a entreter e a encantar leitores de todas as idades, em especial os jovens.

Formado em Medicina, Scliar começou na literatura com um volume de histórias intitulado *Histórias de um médico em*

Acervo do autor

formação. Alguns anos depois, no final da década de 1960, iria começar a chamar a atenção do público com os contos de *O carnaval dos animais*. Nesta obra, iriam aparecer aquelas características que marcariam para sempre os livros do autor: enredos fantásticos, personagens irreverentes e muito humor. Mas um humor diferente, meio estranho, incomum. Tanto que uma de suas maiores influências sempre foi o escritor checo Franz Kafka (1883-1924), que escreveu *A metamorfose* (a famosa história do caixeiro-viajante que acorda transformado num inseto gigantesco) e, por incrível que pareça, um autor que apreciava histórias de humor.

Viveu em Porto Alegre com sua mulher, Judith, e com o filho, o fotógrafo Beto. O que não quer dizer que apenas a capital gaúcha seja o cenário de suas obras. Como você poderá conferir, a imaginação de Scliar também tem um passaporte cheio de carimbos. Pois ele é um autor universal.

Faleceu em 2011, aos 73 anos.

Por dentro da história

O brilho do marechal

Muitas caricaturas publicadas na imprensa da época dão a impressão de que o marechal Deodoro da Fonseca (1827--1892) era o mais heroico dos homens. São comuns as ilustrações em que o primeiro presidente da República aparece com o ar nobre, altivo e esbanjando vitalidade. Isso ocorreu porque a maioria dos artistas e intelectuais da época eram republicanos — e como tal deveriam apoiar qualquer pessoa que partilhasse dos mesmos princípios. Porém, apesar de sua importância histórica indiscutível, Deodoro, que assumiu a chefia do governo provisório da República em 15 de novembro de 1889, passando a exercer a presidência por meio de eleição indireta em 25 de fevereiro de 1891, não era um democrata. Com ele, se inaugura a série de movimentos militares que, em várias ocasiões, iria derrubar governos por conta de insatisfação na caserna.

A presidência

Com a proclamação da República, a família imperial foi banida para a Europa. Na vida cotidiana, muitas coisas mudaram: como o Estado separou-se da Igreja, o casamento civil foi oficializado, assim como os cemitérios passaram a ser instituições laicas (não religiosas). A economia, veja só, passou por crises profundas, pois a forte especulação financeira resultante do "Encilhamento" (o nome pelo qual ficou conhecida a política econômica do então ministro Rui Barbosa) iria afundar bancos e empresas.

A grande cidade tropical

Se havia uma metrópole abaixo do Equador completamente sintonizada com o que acontecia no mundo, esta só poderia ser o Rio de Janeiro. Com seus cafés, livrarias e dezenas de redações de jornais e revistas concentrados nas imediações da rua do Ouvidor, o Rio atraía gente de todo o Brasil e do resto do mundo. Poucos anos depois da Proclamação, a cidade — que, na condição de Capital Federal, era a vitrine do Brasil — iria ser sacudida pelo "Bota abaixo" do prefeito Pereira Passos. Ele mandou demolir todo o casario colonial do Centro, abrindo largas avenidas (como a avenida Central, atual Rio Branco) e construindo prédios modernos. Uma espécie de Paris dos trópicos.

Obras infantojuvenis de Moacyr Scliar

Em destaque, os títulos publicados pela Ática

JUVENIL

Aprendendo a amar e a curar
A colina dos suspiros
A festa no castelo
A palavra mágica
A voz do poste
Aquele estranho colega, o meu pai
As pernas curtas da mentira
Câmera na mão, o *Guarani* no coração
Cavalos e obeliscos
Ciumento de carteirinha
Deu no jornal
Éden-Brasil
Introdução à prática amorosa
Memórias de um aprendiz de escritor
Minha mãe não dorme enquanto eu não chegar
No caminho dos sonhos
O amigo de Castro Alves
O ataque do comando P. Q.
O menino e o bruxo
O mistério da casa verde
O Rio Grande Farroupilha
O sertão vai virar mar
O tio que flutuava
Pra você eu conto
Respirando liberdade
Um país chamado infância
Um sonho no caroço do abacate
Uma história só pra mim

PARTICIPAÇÃO EM ANTOLOGIAS

Acontece na cidade
A palavra do homem
A prosa do mundo
Boa companhia
Contos brasileiros 2
Contos brasileiros contemporâneos
Contos de escola
Deixa que eu conto
Gente em conflito
Histórias de avós e netos
Histórias de imigrantes
Histórias divertidas
Histórias fantásticas
Histórias sobre ética
Histórias sobre leituras livros e leitores
O mundo é uma bola
Pai e filho

INFANTIL

Abc do mundo judaico
Gota d'água
Navio das cores
Nem uma coisa nem outra
O irmão que veio de longe
O livro da medicina
Um menino chamado Moisés